수화로 속삭이다

수화로 속삭이다

지은이 | 정표년

발행 | 2017년 10월 30일

펴낸이 | 신중현
펴낸곳 | 도서출판 학이사
출판등록 | 제25100-2005-28호

대구광역시 달서구 문화회관11안길 22-1(장동)
전화_(053) 554-3431, 3432   팩시밀리_(053) 554-3433
홈페이지_http://www.학이사.kr
이메일_hes3431@naver.com

ISBN_979-11-5854-103-3 03810

수화로 속삭이다

정표년 시조집

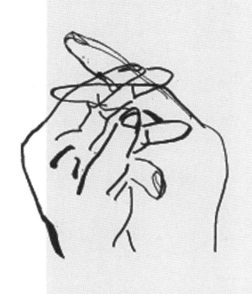

學而思 | 학이사

그동안 많이 게을렀다.
못난 자신에게 너무 힘든 짐을 지운 것 같다.
그저 시조가 좋아서 놓지 못했다.
누군가 시조를 쓴다고 하면
그냥 반갑고 고마웠다.
잘 지키고 잘 키우고 잘 써서
널리 알리라고 말해 주고 싶었다.
사랑 받을 가치 충분하니까.
우리 것이니까.
책 빚진 분들과 얘기처럼 나누고 싶다.

2017. 가을에
정표년

차례

2. 동백꽃 때문에

3. 구름이 산허리 잡고

4. 일흔 오솔길

5. 잠자코 웃는 이유

6. 무심코 지난 일들

1

서성이는 가을

사랑법

계산이 좀 독특해
너랑은 안 되겠다

주고도 남아 있고
덜어내도 남아야지

받고도 늘 모자라는
너랑 하는 계산이라니…

마음으로 나눕니다

겨울을 재촉하는
빗소리를 끓입니다

오르는 김 사이로
한 얼굴 보입니다

오늘은 무심차 한 잔
마음으로 나눕니다

그렇게 되기까지

세월이 필요했어
그렇게 되기까지

담 넘어 기웃기웃
안에선 쥐락펴락

누구도 눈치 못 채던
꼬깃꼬깃 접힌 세월

방법

문제를 떠나는 것이
피안인 줄 알았는데

수많은 시행착오가
아님을 알려 주네

스스로 만든 벽이면
허물면서 다가가기

화해가 있기까지

싸움이 잠시 멎은 뒤
바람이 다녀가고

화해가 있기까지
물이 그냥 흐른다

서로가 곁 주기 싫은
남은 날을 기다린다

그 남자

그 남자 때론 쉽고
때로는 참 어렵다

너무나 단순해서
무심하기 짝없다가

빙 둘러 오는 걸음이
답답하여 미치겠다

어머니

당신의 사랑은 정녕
어디에서 옵니까

당신이 아픔으로
길어 올린 샘물로

우리는 행복을 알고 위로도 알고
기쁨도 알게 됩니다

틈

허술한 내 마음이
너를 불러 들였다면

그건 참 다행이다
고마운 일 같구나

틈 없어 멀어진 채로
한세월 보내느니

함께해온 다른 삶

건네는 농주 한 잔
흥으로 받지 못하고

무조건 외면하고
안주만 축내면서

쓴맛의 뒷맛은 모르고
함께해온 다른 삶

후회는 아니지만
흐를 만큼 흐른 뒤에

보이는 빈 마음과
들리는 바람 소리

취기도 모르고 살아온
나도 참 멋 없었네

한 방울 눈물이 되어

잊었던 낱말들이
가까이 오고 있다

사랑 용서 화해 이해
아름답고 저린 언어들

그때는 한발 멀리서
바라보고만 있었지

위로가 되고 싶다
흘러간 시간 만큼

아쉽고 부족하고
몰라서 부끄럽던 일

한 방울 눈물이 되어
그대 위로 되고 싶다

나더러 어떡하라고

걸려서 목 아프다
천지가 다 걸린다

뚜렷한 답도 없이
넘기지도 뱉지도 못해

속앓이 호되게 한다
극처방이 왜 없을까

섬기며 살자 했는데
그것도 마다하고

더불어 살자 해도
그도 못하겠다면

나더러 어떡하라고
이 진창을 헤매노

후회

너한테 어찌 그래
감히 내가 어찌 그래

아무 말 안 한 죄로
그르치고 만 일들을

너 땜에 너 땜에 그랬어
덧씌우고 만 일들

눈물 먹은 매화 가지
꺾어서 꽂아놓고

벙그는 모습 보며
번지는 향기 맡으며

너한테 왜 못 그랬을까
참아주지 못했을까

그때

다시는 그대 생각
하지 않겠노라

그 밤낮 사흘을
앓는 머리맡에

봉오리 벙그는 복사꽃
가지 채로 놓였네

꽃진 자리 열매 맺어
향기로 곰삭아서

그대 집 부엌 마루
질항아리 술로 익어

취기로 그를 재우리
꿈속에서 만나리

졸혼 시대

죽어서 사는 사랑
이제 그만하고 싶다

지고 하는 홀로 사랑도
이제 그만하고 싶다

나도 좀 이기고 싶고
살아서도 살고 싶다

미움

이대로 버틸 수 있을까
한계는 어디인지

누르고 또 누르고
숨기고 또 숨겨도

까칠한 살갗이 보인다
잔잔한 물결 위에

가을 무렵

햇닭이 목을 틔우는
팔월 하순 무렵부터

조금씩 낮 시간의
꼬리가 짧아지고

새벽은 이불 속으로
아침을 끌어당긴다

가을 소묘

가을이 오나 보다
풀꽃 익는 소리 들린다

올벼 거둔 빈 논바닥
이삭 줍는 비둘기 떼

하늘은 아름도 멀리
뭉게구름 말리고 있다

가을 들꽃

시월의 가을 들판을
건너듯 다녀와서

여름이 무덥던 이유
비바람 거세던 이유

그제야 알 것 같더라
풀꽃들을 보면서

무심코 지난 일들도
그들에겐 엄숙한 일

씨앗들 제때 익혀서
내년을 기약하고

시들어 거름이 되는 일
마다하지 않더라

서성이는 가을

괜시리 이 가을은
뭔가를 잃은 것처럼

멀어 뵈는 강물이며
높아 뵈는 하늘까지

그냥은 보낼 수 없어
서성거리게 된다

무거운 가을

비도 많고 땀도 많던
여름이 물러나고

보내지 못한 채로
답신들이 쌓여가는

무거운 가을이 온다
마당 어귀 성큼성큼

2
동백꽃 때문에

봄

어둠이 막 깔리는
도심에서 널 만났어

빌딩 불빛 속으로
떠다니는 낯선 기운

몸으로 다가들면서
겨울 외투 벗기는 너

봄 동촌에는

강물이 말을 건다
속삭이며 말을 건다

흘러간 이야기는
흘러서 아름답고

기슭에 남은 얘기는
꽃으로 피었다고

큰 그네 걸어놓고
봄 하루 허락되던

엄마들 봄놀이는
버들 숲의 나비 군무

그날의 날갯짓들이
향기로 남았다고

망설이는 2월

해마다 2월이면
내 뜰에 오는 새떼들

적게는 서너 마리
많게는 열댓 마리

매화랑 석류나무를
쉼 없이 넘나든다

겨울이 아직 남아
바람 끝 매서운데

그들은 봄이라고
온 뜰을 뒤흔드네

나들이 망설이면서
새소리에 귀 연다

봄이 좋은 이유

겨울이 그리 춥더니
봄꽃이 저리 곱다

꽃 먼저 보내 달래는
계절의 너그러움

잎 올 때 기쁨이 두 배
이래서 봄이 좋다

봄 같은 마음으로

지나간 시간들과
화해를 하고 싶다

고비를 넘기고 나서
들리는 소리들과

이만큼 오고 나서야
보이려는 그것들과

그때는 그럴 수밖에
없었다는 변명들은

모두가 부질없고
별것도 아니더라

겨울을 넘기고 맞는
봄 같은 마음으로

봄 오느라고

입춘절 지났는데
한참을 지났는데

때 아닌 눈 폭풍이
도심을 뒤흔들어

지척을 가릴 수 없게
언 가슴을 난타한다

그래그래 오나보다
지금쯤 아주 가까이

움츠린 씨앗들을
저렇게 깨우나 보다

한바탕 칼바람으로
겨울 꼬릴 치나 보다

강창교 부근

강창교 부근에는
매운탕이 유명했지

장난감 닮은 목선으로
건져 올린 붕어, 쏘가리…

구수한 대구 인심을
얼큰하게 풀었었지

강창교 위엄 앞에
강물은 멍이 들어

찾는 사람 발 끊기고
시절도 잊혔지만

역사의 뒤웅박에는
부활도 숨어 있었어

낙동강 다듬으며
되살아난 금호강변

신도시 들어서고
강정 고령보 자리 잡고

바뀌고 어색해져도
이야기로 남겠어

유년의 우물 · 3
- 할아버지 등가마

낮잠에서 깨어나서
엄마에게 칭얼대다

할아버지 등에 업혀
골목길 나서는데

용산댁 돌담 너머로
반겨주던 석류꽃

누가누가 더 예쁘나
꽃 따서 견주시던

호사롭고 든든하던
할아버지 등가마

세월이 지난 뒤에도
그 사랑 살아있다

동백꽃 때문에

선운사 동백꽃은
이름값을 하느라고

갈부터 늦봄까지
손님들을 맞고 있었네

사월도 끝날 무렵엔
산색에 눌려 보였네

하지만 기색에 끌려
부처님도 외면하고

목백일홍 돌배나무도
건성으로 스쳐가며

정작은 미당의 시비까지도
아니 보고 올 뻔했네

하루

날마다 주어지는
참 푸짐한 하루를 두고

보석같이 먼지같이
시소를 타고 있다

무거운 보석 다듬듯
가벼운 먼지 털듯

생각의 늪

새벽달 서쪽 창으로
생각의 쪽문 연다

생각의 쪽문으로
하늘 한쪽 끌어와서

새도록 늪을 메운다
메울수록 깊어지는…

별밤

천천히 아주 천천히
노을을 팔아먹고

그렇게 끝낼 수 없어
눈물 한파람 주고

바꿨다 생각 조각들
한 아름의 별밤과

달밤에

잠들지 못하는 밤
창을 기웃거리는 달빛

슬며시 문 열어주며
놀다 가라 눈짓하네

침묵도 언어가 되는
이 밤 달빛과 나

이쯤에서

잊을까 생각 중이다
잊어도 될 것 같다

한 십 년 지난 후에
잊히겠지 했던 일들

스무 해 서른 해 지나도
아직 남은 기억들

내 고향 봉촌리

유년을 살찌워준 내 고향 봉촌리는
삼대가 사랑으로 쓰다듬고 떠받들며
보리밥 죽 한 그릇도 풍성했던 오두막

성황동 달밤 만대이 학교 길의 오깨마루
품 아래 옹기종기 양지 편 음지 편이
훈훈한 정으로 얽혀 푸근하고 넉넉하다

떠나면 오고 싶고 들르면 터 잡고 싶은
하우스 특수작물 연 농사로 적금 들고
봄이면 꽃길을 열어 친손 외손 부른다

봉촌리의 아낙들

1. 산 밑 아지매

술 좋고 친구 좋고 동양화로 밤도 새우던
산 밑 아재 가신 뒤로 아지매는 담담했다
허리랑 무릎이 삭아 구부리고 절면서도

원망도 그리움도 세월 속에 다독다독
이웃에 기대 살며 짐은 되지 않으면서
알맞은 거리에 두고 아들딸도 잘 지낸다

2. 옆집 아지매

시댁에 농사일 돕던 옆집 아재 가신 뒤로
아지매 그 집 지키며 세월 잘 닦고 있다
틈나면 아재 흉 봐도 그건 그리움의 딴 얼굴

3. 옥산 아지매

아지매 옥산 아지매 일 잘하고 입담 좋던
한창 때 기세 좋게 삼 이웃을 아우르더니
여든을 넘기고 나니 노인네 어쩔 수 없네

흙 단상

1.
이제 고향 흙에서도
오곡 찾기는 별따기

잘 익은 곡식 꼬투리
작지만 넉넉했던

살가운 이삭 사랑 손길
아련하다 추억의 밭

2.
외손주 돌떡 상에
수수팥떡 고이다가

잃었던 귀중품 같던
구수담담 수수부꾸미

어머니
예순 해 전 손맛
보여주던 재래시장

3

수입산 좁쌀을 사서
보름밥 앉히다가

조 이삭 무게 위로
아버지 함박웃음

갈 하늘
가까이 불러
그네 타던 새떼들꺼정

3
구름이 산허리 잡고

문양역에서

홈으로 들어오는
전철은 숨차 보이고

홈 밖을 나갈 때는
힘이 넘쳐 보인다

출발과 막바지 힘을
소리에서 찾는다

기다리는 시간

한 시간마다 있는
성서 2번 마을버스

나갈 때는 맞춰 가는데
올 때는 그러질 못 해

승강장 나무의자에
시간들을 쌓는다

찾을 길 기약없는
시간들을 포개면서

무심코 스쳐가는
계절도 확인하고

간혹은 먼 데 소식도
바람결에 듣는다

작은 풍경

화요일 토요일마다
동네 장이 서는 다사

살 것도 없으면서
눈요기로 장을 본다

베트남 새댁이 파는
김밥집에 앉는다

햄김밥 땡초김밥
참치김밥 우동까지

메뉴는 간단해도
정성은 보이더라

가까운 직장인들도
점심 요기 하더라

지하철에서 · 1
- 변신

그 여자 가방 열고
화장도구 꺼낸다

눈썹 몇 가닥 심고
미소도 그려넣고

주근깨 살짝 덮은 뒤
눈꼬리는 올린다

두 역을 지날 동안
화장은 끝이 나고

세 번째 역에서는
딴사람으로 내린다

그 여자 출근길은 늘
이렇게 바쁘다

지하철에서 · 4
- 교복

지하철 다사역에서
그들은 올라왔다

자리에 앉자마자
어색한 교복 이야기

아들은 불편해 하지만
아버지는 자상하다

모든 게 그렇단다
처음엔 잘 안 맞아

가까이 하다보면
익숙하게 되는 거야

헐렁한 생각까지도
품을 채워 줄 거야

지하철에서 · 5
- 장애우

필요해 보이는데
지팡이는 손에 없다

균형을 잡지 못해
머리 따로 다리 따로

눈빛은 아직 괜찮아
스스로 최면을 건다

지하철에서 · 6
- 부부

참 많이 닮아 있다
세월이 빚었나 보다

한쪽이 말을 하면
미소로 바라보고

미소가 입을 열 때는
끄덕끄덕 긍정한다

도시 풍경 · 2

- 해 질 녘 가로수 옆

보자기 한 장 위에
좌판을 벌였는데

서로 다른 물건들이
등 돌리고 앉아 있다

옷가지 넥타이 스카프
액세서리 몇 가지도

출처를 알 수 없는
물건 들고 그렇지만

국적을 알 수 없는
행색도 또한 그래

아무도 아는 체도 않는
해 질 녘 가로수 옆

도시 풍경 · 4

"돌 맞은 자동차를 바르게 펴준다"고
공원 앞 큰 도로에 봉고차 세워놓고
흠이 난 차를 기다리는 광고를 보는 순간

갑자기 성경 속의 여인이 떠오른다
"죄 없는 자 돌로 쳐라" 한마디뿐이었는데
나이 -든 사람들부터 자리를 뜬 이야기

돌 맞은 자동차를 감쪽같이 고치듯이
세상의 모든 상처 다듬을 수 없을까
그렇게 할 수 있다면 그 얼마나 좋을까

도시 풍경 · 5
- 버스 안에서

가방을 끌고 지고
어디 먼 길 가나 보다

여행의 이미지에
맞지 않는 흐린 외모

혹여나 원하지 않는 길을
나선 것은 아닌지

세상이 수상하니
그늘진 가장이 많아

들뜨는 모든 것이
제대로가 아닌 것이

제자리 지켜야 함이
외려 이상한 게지

도시 풍경 · 6
- 택시 영업

지하철 출구 옆에서
대형 마트 문전에서

손님을 기다리며
맥없이 늘어서서

자판기 음료를 나누는
표정들이 팍팍하다

시간이 흐를수록
택시 줄은 길어지고

타기를 망설이는
손님은 늘어나고

사는 일 수수롭기는
이쪽도 매한가지

도시 풍경 · 7
- 소비 풍조

먼지만 쌓여가는
골목 가게 보란 듯이

불티나는 대형마트
손수레는 짐이 무겁다

계산대 기다리는 대열
카드 긁고 사인하고

긁는 빚 갚기도 전에
또 긁고 사인하고

쌓이는 포인트는
다시 찾는 미끼일 뿐

풍선은 바람을 머금고
터질 시간 임박하다

고창의 청보리 밭

고창의 보리밭에서
출렁임을 보고 왔네

아버지 까끄래기 삶
소리 없이 기워 살던

어머니 깜부기 가슴도
아직 넘실거렸네

지용의 향수

지용의 향수에는
실개천이 간지럽다

곳곳에 정을 주던
우리네 이웃들이

아직도 눈만 감으면
훤히 도는 풍경이다

죽어서 사는 일이
글 말고 또 있을까

맘속에 숨겨 놓고
그려내지 못한 것도

한 폭의 그림 같은 시로
남겨놓고 싶어진다

초가을 풍경

이른 아침 산책길에
만나는 가로수는

여름을 벗어던지며
홀로서기 준비한다

*개또랑 물빛은 변해도
풀꽃씨 따는 철새들

* 봉촌리 앞을 흐르는 작은 개울(하빈천)

구름이 산허리 잡고

구름이 산허리 잡고
숲의 은밀함을 본다

숨겨진 것의 신비
세상에 알리지 않고

슬며시 잡은 허리 풀고
하늘 저쪽으로 간다

저수지

고요해 안쓰럽다
무슨 생각 저리 깊나

강처럼 흐를 수도
바다처럼 뒤챌 수도

빗방울 바람 아니면
스스로는 힘들어

울릉도

갈 때는 섬이더니
올 때는 두고 온 뭍

산자락 골목골목이
더 이상 섬 아니네

동해는 좀 넓다 싶은
너울 치는 다리일 뿐

4
일흔 오솔길

일혼 오솔길

일혼은 오솔길이다
바쁠 것 하나 없는

느적느적 걸으면서
오른쪽 왼쪽도 살피고

모른 체 잊고 살았던
풀꽃들과 눈도 맞추며

뭐 그리 서둘렀는지
왜 그리 속 좁았는지

양손도 비운 채로
어깨 짐도 내려놓고

마음도 홀가분하니
이보다 좋을 수 없다

매듭

엮어서 다 엮어서
풀리지 않게 엮어서

그대 헤픈 마음까지
엮음 속에 숨겨서

쉽사리 풀리지 않게
단단하게 조인다

경제

경제는 사기꾼이다
허울 좋은 사기꾼이다

가까이 하고 싶어도
곁을 주면 베어 먹는다

제대로 알지 못하면
바보 되기 십상이다

정치

정치는 사금파리다
베기 좋은 사금파리다

어릴 적 소꿉살림에
빠지지 않던 도구다

그러나 다치기 쉬운
꼭 필요한 소꿉이다

알 수 없는 일

가득한 것의 부담은
부족함보다 더하다

잘 나가던 사람들이
어느 날 주저앉고

불꽃은 엉뚱하게도
주변으로 번진다

퍼즐

조각난 생각들을
제자리에 끼우는 일

언제나 생각보다
심각해서 무거웠지

예순을 훌쩍 넘겨도
찾지 못한 몇 조각

그 사진

스무 해 넘어간다
그 사진 찍어둔 지

잔잔한 미소 머금고
평화로워 보인다

나중에 쓰일 때 쓰라고
미리 말해 두었다

딱 좋은 수치

딱 좋은
7부의 길이가
얼마나 편안한지

딱 좋은
7할의 부피가
얼마나 넉넉한지

딱 좋은
일흔의 나이가 보이니
그 풍요를 알겠네

초기 증상

한 번 더 먹겠다고
남은 찌개 올려놓고

자리를 잠시 뜬 것이
화근이 될 줄이야

냄비는 이미 불덩이
연기는 포화상태

탄 냄새가 날아와도
생각은 마실 가고

이웃집 잘못 될까
걱정하고 있을쯤에

엄마를 바라보는 딸아이의
심상찮은 도래질

언제쯤부터인지
웃고만 넘길 수 없는

엇박자를 자주 놓는
생각과 행동으로

스스로 어쩔 수 없는
참담함을 예감한다

베트남 댁

눈빛 낯빛 낯설어도
이미 너는 우리 살붙이

한 집 건너 이웃이 되어
서먹함을 덜며 산다

베트남 따뜻함까지
데려와서 함께 한다

어미도 되어주고
자매도 자청하며

두 딸들 키우느라
공장일도 열심이다

자전거 출퇴근하며
황금미소 발사한다

김치랑 겉절이

식초랑 참기름 소금에
얼버무린 겉절이는

얕은맛 끌어내어
우선은 상큼해도

잘 익은 김치 하고는
견줄 수가 감히 없지

기다려줄 줄 모르고
참아줄 줄도 모르고

떠밀려 쫓겨 가는
편의주의 요즘 삶은

참맛과 멋의 깊이를
알려고도 안 하지

4월에

긴 세월 지났지만
아우성은 여전하고

생각은 생각 속에
삭지 않고 되살아서

대장대 방패막이로
중앙로를 밀고 있다

열세 살 등굣길이
교문에서 쫓겨나도

갈등의 저울질로
잠들지 못했던 밤

그들은 용기 하나로
잃은 것을 찾았다

어이없어서

우짜고 우야겠노 숭례문이 불탔뿟다
감히 누가 국보 1호 대물에다 불을 질러
육백 년 민족의 자존을 하룻밤에 요절냈나

방화범의 화풀이가 너무나 어이없다
서울의 관문이자 온 국민의 자부심을
한 병의 신나를 뿌려 저래 흉물 만들다니

늘 그렇듯 터진 후에 불거지는 허물 탓은
불 탄 흔적보다 더 숭〔凶〕하기 짝이 없다
책임을 질 사람은 없고 변명들은 끝없네

우짜마 우리들은 손 한 번 못 써 보고
이런 일 한두 번 당한 것도 아니면서
분하고 속이 터져서 입 다물 수가 없다

프로 프라 놀롤

과학이 가지고 논다
인간을 가지고 논다

나쁜 기억 못 잊는 사람
다 모여라 잊게 하마

과학이 으스대며 떠든다
귀가 솔깃해 진다

외로워 서럽던 일
전쟁터의 비린 악몽

섬겨서 억울했던 일
뺏겨서 분했던 일

모두를 잊게 한단다
'프로 프라 놀롤' 기적의 약

어리석은 자랑

바다를 품은 바람은
왜 짜고 비린 맛일까

해초와 물고기들과
긴 세월 함께 하려면

그만한 간을 지녀야
견딜 수 있었으리

내 삶은 아무래도
좀 싱겁지 않았는지

곰곰이 돌아보니
그랬던 것 같다

섞여서
살고 싶었던
자랑스런 어리석음

지금 청도는

세월에 묻혀 있던
잠 잘 뻔한 흔적들을

양지로 끌어 올려
차근차근 풀어놓고

도처에 불을 지피며
나방들을 부른다

붓으로 밀고 가고
색으로 소식 풀며

봄 들녘 넓히는 함성
가을 하늘 높이는 열매

떫은 향 달게 익혀서
기분 좋은 취기 만든다

나무와 풀

나무가 풀에게 건넨다
"아담하고 귀엽구나"

기분 좋은 풀이 한마디
"위엄 있고 당당하네"

서로를 추켜세우니
분위기가 참 좋다

물과 바람

바람과 물이 만났다
무늬를 수놓는다

아리도록 고운 실무늬
굵은 큰 타래 무늬

햇살이 한마디 한다
"사이 참 좋아보인다"

물과 구름

구름이 물을 만나면
금세 표정을 풀고

재잘재잘 종알종알
노래하던 물소리는

일제히 빗장을 걸고
수화로 속삭인다

5
잠자코 웃는 이유

젤 큰 불효

아버지 늦둥이였던
사랑 먹는 애물단지

고향 벗어나자
치레치레 병치레로

무던히 애를 태웠지
엄마 눈물 자주 뺐지

애들이 속 썩일 때
내 자랑 꽤나 했지

"와 그라노 공부해라"
그 소리 안 들었다고

돌이켜 생각해 보니
젤 큰 불효해 놓고

한 끼의 자유

무료한 정오 무렵
전화벨이 부른다

"놀러와, 나 출근 안 했어"
맑은 '새싹'* 목소리

천천히 집을 나선다
수다 떨러 나간다

밥솥에 김 오르고
주방엔 청국장 끓고

침샘을 자극하는
남의 집 밥 냄새가

간만의 호사를 누린다
놓여난 한 끼의 자유

* 종묘사 상호

낙제 부모

아이들 온다 소리에
발바닥이 불난다

결 따라 고기 썰고
푸성귀 챙겨 놓고

날된장 참기름 소금
접시 담아 차린다

주고 싶고 먹이고 싶고
더 줄게 없나 살피고

피와 살 주고서도
더 못 줘서 안달나지

그러나 그건 틀렸어
낙제 부모 할 짓이지

그곳에는

생각이 고프거나
마음이 텅 빌 적에

그곳을 찾아갑니다
가서 채우고 옵니다

자연 속 초자연을 사는
그 사람 있습니다

언제나 반겨주고
말없이 우려 주는

황금차 빛 고은 홍차
주는 대로 마십니다

찌꺼기 빠지는 소리는
몸으로 듣습니다

그대들에게

슬며시 구름 속에
숨겨놓고 있던 그대

못 볼 것 보고 말았네
생각지도 못한 곳에서

오름은 하강을 위한
참 진솔한 작업이다

뒤엎어 놓고 보면
그것이 본색이다

속에 품고 살려면
얼마나 애 터질까

진실을 만나는 것은
세상을 얻는 일이다

말처럼

사는 게 그리 쉽다면
자다가는 왜 놀래나

죽은 듯 깊이 자고
개운하게 깨어나지

뒤채다 설치다 만 밤
머릿속이 텅 빈 아침

사는 게 그리 쉽다면
가슴속은 왜 터지나

되는대로 날 보내고
되는대로 웃고 말지

약 한 줌 털어 넣고는
명치 한 번 쓸어 내린다

조급한 세월

안 된다 잘 안 된다
웃음은 거짓 같다

몸 때문인지
마음 그 때문인지

도무지 알 수가 없다
세월이 조급증 난다

불평하는 몸

한 사람 바라보며
하느라고 했었는데

봄과 여름 사이에
불평을 터뜨린다

이제는 참을 수 없다며
슬며시 주저앉는다

잠자코 웃는 이유

말 같지 않은 말로
말 따먹기 하자 할 때

잠자코 그냥 웃는다
목구멍에 말 가두고

아무리 허물없어도
되지르면 날 선다

어느 날의 짧은 생각

네 삶을 잠시 빌려
내 둥지에 풀어 놓고

이저런 호사를 누려
푸른 날을 보내보면

어떨까 그저 그런 내가
생각 속에 머물까

이만하면

그 고을 돌아드는
소문의 뒤에는 늘

떠도는 것보다 더
좋은 냄새가 짙다

그 사람 좋아하는 이유
충분하지 않느냐

커튼

주름을 걷을 때는
세상이 열리더라

주름을 펼칠 때는
벽 하나 생기더라

내게로 오는 빛마저
펼치면 막히더라

삶이란

그렇게 그냥 살았어
그렇게 사는 줄 알았어

그런데 날이 갈수록
갸웃갸웃 이상했어

답안지 내용이 낯설어
어리둥절해졌어

찻잔을 씻다가

차 한 잔 얻기 위해
헹구고 또 헹굽니다

잡다한 소문들과
때묻은 소리까지

비워야 채워지기에
비우고 또 비웁니다

애착

들었다 놓았다 한다
버릴까 둘까 한다

나이를 생각하면
놓아야 마땅하고

정든 걸 생각하면 차마
못 버려서 망설인다

빈자리

갑자기 이 세상이
비움으로 가득하다

마음도 그러하고
주변도 그러하다

할 일도 해야 할 일도
잠시 휴면 상태다

통영의 초정시비

이름난 통 큰 재주
비좁게 자리 얻어

초라한 시비 몇 점
포개듯 돌려놓았네

통영을 통째로 덮고도 남을
서슬 푸른 자존을…

마감 직전

마감을 하루 앞둔
원고는 미완이다

생각은 갈래갈래
밑둥을 벗어나고

겉도는 잎사귀들은
잠을 덜 깬 상태다

K 시인의 미소

시인의 시를 읽으면
시인의 사투리 뜬다

눈꼬리에 매달리고
입가에 일렁이고

특유의 꺾이는 억양이
덤으로 와 실린다

6

무심코 지난 일들

당신 마음

깊이를 알 수 없는
그대 가슴 깊은 곳으로

노 저어 가리라
조심조심 물결 달래며

윤슬로 열어 보이는
당신 마음 만나러

겨울에 눈 오는 것은

겨울에 눈 오는 것은
두루 덮기 위한 기라

봄부터 가을까지
애쓰고 애달픈 것

그것들 고루 덮으라
저렇게 오는 기라

먹어도 배고프고
입어도 추위 타는

허허한 눈빛이랑
다듬어도 피지 못한

베풀 줄 모르는 가슴도
덮어주라 오는 기라

어떤 선종

어떻게 살 것이며
어떻게 견딜 것인지

나름의 계산으로
세상을 건너지만

아닌 게 너무 많아서
가늠하기 힘들었다

이제야 알 것 같다
어렴풋이 감이 온다

죽음이 죽음 아니고
한 삶의 연장임을

숭고한 선종을 보고
겨우 조금 알 것 같다

새로운 빛

살려고 몸부림쳤던
세월이 약이었다

너 하나 지키려고
참고 또 참아왔던

그 자리 옹이가 되어
빛으로 반짝인다

촛농의 마음

심지가 조금 남은
촛불을 지키는 일

닳아 없어지는
촛농의 마음이란

진행의 속도에 비해
포기는 너무 느리다

한순간

생각에 잠긴 채로
잠긴 문을 두드렸다

열릴 리 없는 문 앞에
더 깊은 생각을 묻고

떠밀려 하구에 와서
물에 뜬 빛을 만나네

잊은 걸 잊었었나
깨닫지 못했는데

당신이 흔들어 깨운
너무도 쉬운 진리

화들짝 잠에서 깨듯
철이 번쩍 들던 순간

이 땅에 난간 없는 평화

고프다 말 안 해도
저절로 채워지고

가렵다 하지 않아도
딱 그곳을 알아주는

이 땅에 난간 없는 평화
펄펄 눈으로 내려

눈길은 녹아 물이 되고
물길은 서로를 섞어

미움은 엷어지고
사랑은 구석구석

이 세상 위아래가 아니고
옆으로 스며들라

부활의 기쁨

참 많이 그랬습니다
알게 모르게 그랬습니다

유다와 베드로로
많은 날을 보냈습니다

그러나 오늘 우리는
이렇게 깨었습니다

봄이면 찾아오는
겨울 풀의 함성처럼

움츠린 겨울잠에서
깨어나는 짐승들처럼

우리도 부활의 기쁨
온몸으로 맞습니다

매일 꿈꾸는 부활

예수님 지난 새벽 무슨 일이 있었나요
여느 날 똑 같은데 모두들 들떠 있네요
아마도 기막힌 일이 벌어졌나 봅니다

마음 활짝 열고 보니 봄꽃 방긋 웃고 있고
귀 잠깐 기울이니 새들이 전해주는
그 소문 날아다니며 주변을 깨우네요

무성턴 잎 지우고 조용히 기다리며
추위와 비바람이 겨울을 휘둘러도
드디어 오늘 아침에 빈 무덤을 만났네요

나날을 열심히 살고 아픔들 견디고 나면
상처의 자리에서 거짓처럼 돋는 속살
우리도 이 같은 부활 매일 꿈꾸며 살아요

무심코 지난 일들

피어라 하셨음에
꽃들은 뽐낼 수 있고

날아라 하셨음에
새들은 깃을 펴듯

열심히 살아라 하심에
매일매일 고맙다

무심코 꽃도 보고
예사로 새들 만나고

그저 그러려니
덤덤히 지난 삶이

너무도 부끄러워서
고개 들지 못한다

비워내기

가진 것 있는 대로
쏟은 것 같은데도

밑바닥 어딘가에
눌은 앙금 캥긴다

물로써 씻어낼 수도
닦을 수도 없는 죄

못된 마음

나누길 참 잘했다
나에게 칭찬했다

잠시 후 불편해져
마음이 들썩인다

변덕도 이쯤이고 보면
내 기도는 도루묵

믿음에 대한 믿음

가당치 않는 일도
때론 믿음이 되지

그 분은 그걸 알지
우린 그걸 믿지

모르는 사람은 아닌 일들도
우린 믿으니까 믿지

평화

짐작은 했지마는
알고 나니 어이없네

멀리서만 헤맸는데
가까이에 있었네

맘속에 자리한 평화
꺼낼 줄을 몰랐네

참 행복

요즈음 자주자주
옛날로 돌아간다

바닥이 다 보이는
샛강에서 조개 잡고

봄이면 풋나물 캐서
모래 속에 갈무리던

언니랑 친구들이랑
걱정하나 없는 그때

나물죽도 달게 먹고
잡곡밥도 별미 같던

풍요란 말뜻 몰라도
가슴 가득 찼던 행복

올해도

올해도 감사합니다
두 맘으로 살아왔던

이 마음 놓지 않고
갈 때마다 손 내밀며

말없이 위로 주시던
당신께 감사합니다

올해도 고맙습니다
두 얼굴로 지내왔던

가슴에 흠집 없이
한결같은 그 미소로

힘내라 힘내고 살아라시던
당신이 고맙습니다

그렇게 쉬고 싶다

가끔은 나도 한 번씩
앓아눕고 싶어진다

세상 근심 혼자 지고
용감히 길 건너듯

바쁘게 바쁘게 살아
너무 정신 없었다

힘든 몸 누일 때는
온몸에 힘 다 빼고

가벼이 새털마냥
그렇게 눕고 싶다

아쉽고 서운함마저
편안하게 다 털고